AF395320

DISCOVRS
PRESENTE' AV ROY
AVANT SON PARTEMENT,
POVR ALLER ASSIEGER
SEDAN.

A PARIS,

Par ESTIENNE PREVOSTEV, demeurant
en la rue S. Iean de Latran au College
de Cambray.

1606.

DISCOVRS
PRESENTE' AV ROY
AVANT SON PARTEMENT
POVR ALLER ASSIEGER SEDAN.

TOY *du corps de l'estat grand Prince tutelaire,*
HENRY *l'hōneur des Roys de qui l'astre méclaire,*
Heros à qui les Cieux n'ont rien faict de mortel;
Qui prends plaisir aux vers, & les tiens en estime;
Reçoy de mon esprit la premiere victime,
Que ie viens consacrer aux pieds de ton autel.

Si ton ame auiourdhuy iustement offensée,
Du mespris de tes loix, resoult en sa pensée
D'aller punir l'orgueil d'vn subiect fugitif;
Tu peux, par la valeur de tes grands Cappitaines,
Sans te mettre au peril des armes incertaines,
Luy donner le trespas, ou le faire captif.

Parmy tant de rumeurs l'vniuers estonnantes,
De fiffres, de tambours, de trompettes sonnantes,
Considere combien ton sang est pretieux;
Sans sortir de Paris tu le peux vaincre en guerre:
Quand les Dieux ont battu les enfans de la terre,
Ils n'ont pas delaissé leur demeure des Cieux?

Prince qu'vn feu guerrier brusle dans les entrailles,
Et qui veux derechef retourner aux batailles,
Abbatre des chateaux, foudroyer des rampars:
Sçais tu pas que la guerre où ton humeur te pousse,
A ces ieunes soldats semble seulement douce,
Qui n'ont iamais porté la cuirasse de Mars?

Veux-tu par tes valeurs qui n'ont point de pareilles,
Faire voir à nos yeux encor' d'autres merueilles,
Que celles qu'autrefois tu fis dans nos discors ?
Nous auons assez veu l'amour que tu nous portes,
En l'estat malheureux de tempestes plus fortes,
Lors que ta main jonchoit les căpagnes de morts.
Vn Roy qui prudemment mesnage ses annéés,
Ne doibt rendre iamais ses valeurs prophanées
Contre vn petit subiect qu'il peut tousiours ranger:
Il luy suffit de faire ainsi qu'vn bon Pilotte,
Qui sans peine conduit le nauire qui flotte,
Et ne trauaille point qu'en l'extresme danger.
C'est côtre les grans Roys, qu'vn Roy plein de vaillăce
Doibt venir au conflit, s'il faut rompre vne lance,
Non pas aller combattre vn simple auanturier :
La guerre contre toy luy semble desirable,
Et sans plus long těps viure, il tiět pour honorable,
De mourir par la main d'vn si braue guerrier.
Apres auoir sorty d'vn abysme d'affaires,
Debrouillé des Châos en des temps si contraires,
Et mis la paix en France où dominoit l'effort;
Que diroit-on de toy, si la main de l'enuie,
Eslançoit maintenant vn malheur sur ta vie,
Sinon que tes vesseaux se sont perdus au port ?
Voy combien icy bas tes fortunes sont belles !
Ton Daufin te succede aux vertus naturelles,
Pour regner en repos que veux-tu plus auoir ?
En tant d'honneurs diuers ta maison est fœconde,
Que tout ce qu'auiourdhuy les autres Rois du môde
N'ont qu'en leur seul desir, tu l'as en ton pouuoir.

Car si Dieu quelquefois de ses faueurs celestes,
  D'vn Prince aimé des Cieux a secondé les gestes,
  Au gré de ses souhaits ses desseins benissant;
  C'est de toy, grãd HENRY, qu'õ peut iustemẽt dire
  De tous ceux que les loix esleuent à l'Empire,
  Le pere plus heureux, & le Roy plus puissant.
I'ay beau jetter les yeux sur la terre & sur l'onde,
  Pour pouuoir rencontrer quelqu'vn qui te seconde,
  Ie ne sçaurois rien voir d'égal à ta grandeur:
  Les Princes qu'icy bas on tient les plus celebres,
  Me semblent obscurcis d'vne nuict de tenebres,
  Quand ie voy les rayons que jette ta splendeur.
Nous sommes arriuez à la saison dorée,
  En nos afflictions autrefois desirée,
  Quand la flame & le fer destruisoient nos Citez:
  Et voirrons maintenant ces voisins detestables,
  Qui rioient sans pitié de nos maux lamentables,
  Plorer amerement de nos fœlicitez.
Ils s'attendoient de voir leur couronne enrichye,
  Des beaux lys florissants de ceste Monarchye,
  Mais les voylà confus en leur entendement;
  Ils n'ont plus cet espoir, & leur fureur s'appaise,
  Voyans que ton Daufin dont procede nostre aise,
  A produit leur misere & leur estonnement.
Le fruit n'est pas commun qu'au berceau de l'enfance,
  Ce fils promet au monde, & produit à la France;
  Il rendra quelque iour auecques tant d'honneur
  Toute la Palestine à ses loix tributaire,
  Qu'il ira replanter sur le hault du Caluaire,
  L'arbre où fut attaché le corps de son Seigneur.

A ij

C'eſt luy qui deſtruira toutes les ſectes folles
   Des peuples abuſez de l'amour des Idolles,
   Et tirant de leurs yeux les tenebres d'erreur,
   Rendra de l'Alcoran les promeſſes mocquées :
   Il baſtira l'Egliſe au lieu de leurs Moſquées,
   Et ſe rendra par tout du monde la terreur.
De ces Roys bazannez les couronnes conquiſes,
   Pour remarque pendront au hault de nos Egliſes,
   Nos yeux voirront le Turcq par ſes armes vaincu,
   Et ſa gloire à iamais ſoubz ſes pieds étouffée :
   Il viendra dans le Louure apporter en trophée
   Son turban, ſon armet, ſon arc, & ſon écu.
Au iour de ſon retour que de reiouyſſances,
   De chants, de feux, de ris, de feſtins, & de danſes !
   Et tes accueils, ô Roy, quels ſeront-ils alors,
   Quand ainſi que Iaſon auec ſes Argonautes,
   Apres tant de beaux faicts & d'entrepriſes hautes,
   Sa flotte de guerriers ſurgira dans nos ports ?
Lors qu'il aura dompté tous ces peuples ſauuages,
   Il viendra mouiller l'ancre au bord de nos riuages,
   Rapportant d'Orient les richeſſes & l'or :
   O combien ſouſtiendra Thetys ſur ſon eſchine,
   De Nauires chargez des butins de la Chine,
   Et d'eſclaues venus du climat de Mogor !
Si toſt qu'il aura l'âge ou les premieres flames
   Du deſir de l'honneur bruſlent les belles ames,
   Eſtant de ſon eſtoc de gloire ambitieux,
   Il ſuiura les vertus qu'il te voirra produire,
   Comme Pyrrhe ſans ceſſe afin de ſe conduire,
   Auoit ſon pere Achille audeuant de ſes yeux.

Vn Prince, à mon aduis, à l'ame bien contente,
D'auoir vn successeur digne de son attente,
Et qui peut voir florir la premiere saison
Des jeunes Olliuiers qui couronnent sa table!
Tu reçois maintenant ce plaisir souhaitable
Des enfans dont la Royne a peuplé ta maison.

Dedans l'estat heureux de ces graces diuerses,
C'est à toy de cueillir les fruicts de tes trauerses,
Il ne te reste plus que de considerer
Combien est ta fortune en honneurs admirable,
Et s'il manque à ton heur quelque point desirable:
C'est le temps seullement pour le faire durer.

Mais tous les iustes vœux que d'vne ame rauie
Sans cesse nous faisons pour les ans de ta vie,
Prolongeront si bien l'heure de ton destin,
Qu'vn iour qui doit venir on te voirra toy-mesme,
Sur le chef de ton fils asseoir le diadéme,
Ainsi que fist Constant au jeune Constantin.

O que d'embrassements, & de larmes de ioye,
S'il aduient vne fois que la Royne le voye
En l'estat glorieux de son couronnement!
Royne chaste & diuine, exemple de sagesse,
De combien penses-tu que lors ton alegresse,
Passera les douleurs de ton enfantement?

Grand Roy tu ne dois plus trauailler d'auantage,
Il est temps de penser au repos de ton âge,
C'est la fin des trauaux où tout le monde tend;
Asseure à tes enfans les fruicts de tes victoires:
Car puisque tes combats ont finy nos histoires,
Tu dois bien, ce me semble, auoir l'esprit content.

Il faut donner vn but au cours de nos voyages :
  Regler ses volontez est le propre des sages,
  Ceux qui souhaittent tout, n'ont iamais de plaisir,
  La peur de n'auoir pas des alarmes leur donne :
  Que sert de pouuoir estre heureux par sa couronne,
  Si l'on est malheureux par son propre desir ?
Tant plus l'homme a de biens, & plus la conuoitize
  D'en auoir d'auantage en son ame s'attize :
  Son cœur tousiours bruslant n'est iamais satisfaict,
  Sans cesse à ses grandeurs il veut de l'accroissance,
  De la fin d'vn desir vn autre prend naissance,
  Ainsi par ses souhaits miserable il se faict.
Ceste humeur d'adiouster conquestes sur conquestes, (stes
  Est bône aux jeunes Rois qui n'ôt pas veu leurs te-
  Maintesfois couronner de lauriers glorieux :
  Mais il te sieroit mal que l'on te vist poursuiure
  Le mestier de la guerre, en l'âge où tu dois viure,
  Non pas en conquerant, mais en victorieux.
Et bien qu'incessamment l'image de la gloire,
  Qui se vient presenter aux yeux de ta memoire,
  Puisse encor aux combats ton courage exciter :
  Nostre aise toutesfois doit estre vne barriere,
  Pour arrester le cours de ta fureur guerriere,
  Qui ne cherche sinon qu'à te precipiter.
Mais c'est peu que de l'heur où nous te voyons estre,
  Qui ne le sçait ensemble & gouster & cognoistre,
  Pour ne confondre pas le bien & le malheur,
  Et pour ne ressembler à ces peuples barbares,
  Qui sont necessiteux parmy les choses rares,
  Pour n'auoir pas l'esprit d'en iuger la valeur.

Le Ciel

Le Ciel égallement départ la vie humeine,
En nuicts pour le repos, côme en iours pour la peine:
Apres tant de trauaux qui ne t'ont pú fléchir,
Tant de flots de douleurs, & de guerres passées,
Où iadis tes vertus se virent exercées,
En vn calme de paix il te faut rafreschir.

Il est temps, sage Roy, que tu faces retraitte,
La fortune te rit comme ton cœur souhaitte,
De l'amour des François tu te vois possesseur,
Ils se tienent heureux soubz ton obeyssance,
Et n'ont iamais senty l'effect de ta puissance,
Que quand ils ont gousté les fruicts de ta douceur.

O qu'vn Prince est bien né qui ne faict point de faute,
Dans l'absolu pouuoir d'vne charge si haute!
Aussi Dieu, par toy seul, nous faict iuger à l'œil,
Que c'est luy qui sur nous les Empereurs ordonne:
Il ne faut point penser que le hazard les donne,
C'est le decret diuin de l'eternel conseil.

Quãd il cherit vn peuple il en faict voir les marques,
Dãs les humeurs des grãs qu'il choisit pour Monar-
Qui sages ne võt poĩt de leur sceptre abusãs: (ques,
Combien de Phaëtons s'ils pouuoiët estre Princes,
Pour tenir en leurs mains les resnes des Prouinces,
Embrazeroient le monde, eux-mesmes s'ẽbrazãs?

Il est tant de mutins qui troubleroient la terre
N'estoit que leur misere au deuoir les enferre!
S'ils pouuoient s'éleuer d'vn degré de hauteur,
Toute crainte de Dieu leur seroit incogneuë:
Mais la gloire supréme où ta force est venuë,
Ne te peut empescher d'en reuerer l'autheur.

Le peintre tout prudent dont l'ouurage nous sommes,
  Fait tousiourspour le mieux les fortunes deshõmes:
  S'il auient qu'à beaucoup sa main ait refusé
  Les grandeurs & les biens : c'est que sa prouidẽce,
  Deuant qui, le futur est mis en euidence.
  A veu que de sa grace ils auroient abusé.

Non,que tousiours aux bons les charges soïet dõnées,
  Dieu quelquesfois les baille à personnes mal-nées:
  Car lors qu'vn mauuais peuple irrite ses fureurs,
  Et qu'il en veut bien tost exterminer l'engeance,
  Il luy donne vn Neron,instrument de vengeance,
  Qui signalle ses iours de carnage & d'horreurs.

Il n'est rien plus certain que nos yeux peuuent lire,
  Aux gestes de nos Roys où sa grace où son ire :
  Et quand ils sont mauuais ! c'est à nous de penser
  Qu'il les faut receuoir comme iustes supplices,
  Qui sont donnez de haut pour punir nos malices,
  Comme quand ils sont bons pour nous recõpenser.

Qu'vn peuple est malheureux quãd celui qui cõmãde,
  Le sang de ses subiects par appetit demande,
  Sans que dedans son ame il en ait du remors !
  Mais vn Roy doit songer que les ayant par conte,
  Ceux qu'il condãne à tort luy font autant de honte,
  Que font au Medecin les obseques des mors.

Heureuses dessus tout i'estime les couronnes,
  Où sont donnez des Roys dont les ames sont bõnes,
  Et qui de leur puissance vsent modestement :
  Et non contens que Dieu, par sa grace opportune,
  Les ait faict naistre au mõde auecques la fortune,
  Mais s'y veulent conduire auec le iugement.

Maints Roys de tout conseil ont l'Ame dépourueuë,
Les éclats des grandeurs leur aueuglent la veuë,
Et ce fut vn beau don que tu receus des Dieux,
Alors que tu paruins à cest honneur insigne,
D'auoir vn grand esprit pour en paroistre digne,
Et pour ne rendre point ton pouuoir odieux.

Nous voyons à tous coups les fautes que faict faire
Aux Roys mal-auisez le conseil temeraire,
Quãd les chants des flateurs leurs esprits attyrãs,
Leur fõt croire qu'ils sont aux charges souuereines
Pour auoir leurs plaisirs, nõ pour prẽdre des peines,
Ainsi des meilleurs Roys ils en font des Tyrans.

Hormis toy, peu de grands exercent la Iustice,
Ils craignent que la loy ne les assuietisse,
Reserrant la licence où courent leurs desirs :
Personne à la raison maintenant ne se range, (ge
D'autãt qu'elle est facheuse, & viẽt faire vn mélã-
Des eaux de Temperance au vin de nos plaisirs.

En l'aise où tu te vois remets en tes pensees,
La premiere saison de tes peines passees,
Où les hõmes viuãs sans police & sãs loys (l'armes :
N'auoiẽt recours qu'au glaiue, & les fẽmes qu'aux
Tu combattois plustost comme font les gendarmes,
Que tu ne commandois ainsi que font les Roys.

De mesme on vit jadis que le fameux Aenée,
Aussi tost que sa nef fut au haure amenée,
Conta dessus le bord tout son peril passé :
Car c'est vn grand plaisir quand dessus le riuage,
Eslongné des hazards, on parle d'vn naufrage,
Dont autrefois sur mer on s'est veu menassé.

12

Durant les temps confuz de ce publicq orage,
 Tu fus laiſſé de tout ſinon de ton courage:
 Tous les malheurs paſſez ne l'ont point abbatu,
 Et le bonheur preſent d'vne grande opulence,
 Ne ſçauroit l'eſleuer au haut de l'inſolence,
 D'autant qu'il ſe conſerue en égalle vertu.
L'homme de ſa nature à peine ſe tempere,
 Il eſt bas aux malheurs, & haut quand il proſpere:
 Mais ton eſprit, grãd Prince, a qui nul n'eſt pareil,
 Nous a fait voir combien les vertus ſont ſuprémes,
 Qui le font maintenir au milieu des extrémes,
 Fuyant le deſeſpoir autant comme l'orgueil.
Tous n'en font pas ainſi : car la grande puiſſance
 Faict tomber nos eſprits en la mécognoiſſance,
 Nous ne penſons à Dieu qu'au peril de la mort;
 Nous inuoquons ſon nõ quand noſtre nef eſt preſte
 De s'abiſmer ſous l'onde au fort de la tempeſte,
 Puis, nous ny ſongeõs plus quãd noꝰ ſomes au port.
La rage du commun, ce muable Prothée,
 Eſtoit contre toy ſeul à la guerre portée,
 Et tu ſceus toutesfois tellement la ranger,
 Que la rebellion demeura ſans deffenſe,
 Et lors tu pardonnas ceſte publique offenſe,
 Comme on n'eſperoit plus que de la voir vanger.
Ie ne puis exprimer combien fut admirée
 Ta douceur reſſentie auant qu'eſtre eſperée,
 Qui donña le pardon au lieu du chaſtiment,
 Pour töi [...] victoire en fut doublement belle:
 Tu vain[...]is en guerrier vn peuple ſi rebelle,
 Et luy [...]is ſa faute en Monarque clement.

Mais il plaisoit au Ciel en ces tristes spectacles,
 Exercer ta valeur a vaincre ces obstacles,
 Auant que de te mettre au comble de ton heur:
 Et côme vn autre Herculle en fortunes semblables,
 Pour rêdre de tes iours les faicts plus admirables,
 Monter par les trauaux au sommet de l'honneur.
Vn siecle si piteux me sembloit comparable,
 Aux iours infortunez d'vn Charles deplorable,
 Qui fist de nos maisons les Anglois deloger :
 Lors que comme Iphygene vne jeune pucelle,
 S'immolla pour la France au feu de sa querelle,
 Et rauit nos drappeaux des mains de l'estranger.
Tes iours sont vn miracle où le monde regarde
 Le soin particulier de l'Ange qui te garde:
 Et quand ie considere au miroir de tes faicts,
 Tô regne autrefois trouble & maintenât trâquille,
 Ie le trouue semblable à la targe d'Achille,
 Où l'on voyoit depeinte & la guerre, & la pais.
Las ! comment se faict-il que sans cesse on conspire,
 Et contre ta personne, & contre ton Empire,
 Que toutesfois encor' nous te voyons viuant ?
 C'est Dieu qui faict tôber de la main des perfides,
 L'acier empoisonné des couteaux homicides ,
 Et pour parer le coup il se jette au deuant.
Ce qui t'asseure plus ne sont point les cohortes,
 De tât d'hômes armez qu'ô voit garder tes portes,
 Tes tours, ny tes râpars, ny tous secours humains :
 De ce logis mortel vn Prince n'est que l'hoste,
 Et la mort, si Dieu veut, absolument luy oste,
 La couronne du chef, & le sceptre des mains.

Que de Roys, s'ils estoient en trauerses égalles,
Qui ne pourroient sortir du fonds de ces Dedales!
Car quel Prince iamais s'est veu plus agité?
Apres auoir mis ordre à nos fureurs ciuilles,
Voicy que l'Espagnol s'introduit dans tes villes,
Et surprend Amiens par vne lascheté.

Ce Tyran insolent en ses vaines richesses,
Semble quitter la force, & s'aide des finesses,
Dont le masque trompeur est propre à deceuoir:
On le voit en Renard ourdir son artifice,
Et practiquer par l'or ceux qui te font seruice,
D'autant que par le fer il ne peut rien auoir.

Il a pour t'ennuyer recherché toute voye,
Et faict prendre l'acier au x mains de la Sauoye:
Mais tout son appareil fut si peu resistant,
Que quand ce petit Duc parut dessus la terre,
On te vit au triumphe aussi tost qu'à la guerre,
Et fus en mesme temps vainqueur & combatant.

Ioyeux de ce succez tu portois sur ta teste,
La couronne que porte apres vne conqueste
Vn Roy victorieux quand il veut triumpher:
Comme tu ressentis ton ame martyrée
Par des yeux incognus à l'amour attyrée,
La Royne fut l'aimant & ton esprit le fer.

Lors que tu reposois au milieu de ces calmes,
Elle te vint oster les lauriers & les palmes,
Que ta main arracha du front de l'ennemy,
Come Omphalle autrefois sans pot estre aperceuë,
Desarmoit son Alcide, & tiroit sa massuë,
Quand apres la victoire il estoit endormy.

C'eſt vne perle vnique à qui rien ne s'égalle,
Et qui meritoit bien la dépoüille Royalle,
Que fiſt tomber Amour aux mains de ſa Beauté :
Sa façon ne ſent point la honte, ny l'audace :
On voit égallement reluire ſur ſa face
La douceur tout enſemble, auec la Maieſté.

Son corps & ſon eſprit ont faict vn mariage,
Des charmes de ſon ame, aux traicts de ſon viſage :
Armes dont les mortels ſe ſentent combattus :
Elle bruſle les cœurs, bien qu'elle ſoit de glace,
Elle rauit les yeux des beautez de ſa grace,
Et gaigne les eſprits auecques ſes vertus.

Auant qu'au mariage, elle fuſt arreſtée,
Ainſi qu'vne Diane aux foreſts écartée,
Elle apprenoit l'honneur en viuaut chaſtement :
Et n'eſtoient qu'ë vn point diuers leurs exercices,
Celle-cy dans le monde alloit chaſſer aux vices,
Et l'autre dans les bois aux beſtes ſeulement.

Vn conſeil vint d'enhaut, qui pour noſtre aduãtage
Te fiſt reſoudre aux loix de l'amoureux ſeruage :
Noꝰ gaignaſmes beaucoup quãd tu perdis tõ cœur;
Et fut pour ton Eſtat meilleure la iournée,
Où ton ame captiue en triumphe menée,
Reuera ſes beautez, que quand tu fus vainqueur.

Car vn Daufin eſt né dont la faueur propice,
Seruira de colomne à ce grand edifice,
Et ſuiura tellement les marques de tes pas,
Que nous confeſſerons plus heureuſe la France,
A l'heure que ton fils a receu la naiſſance,
Que quand tes ennemis ont receu le trépas.

Tout le monde iugeoit la bleſſure incurable,
Qu'auoit dedans le corps la France miſerable;
Elle qui redoutoit les aſſauts du malheur,
Croit que par ton Daufin elle en eſt dégagée,
La Royne en eſtant cauſe, elle en eſt obligée
A ſes chaſtes Beautez, autant qu'à ta valeur.

Ores que ta fortune eſt ſi grande & ſi forte,
Il faut que l'Eſpagnol la Nauarre rapporte,
Ou s'il ne le veut faire! il voirra promptement
Changer en flots de ſang les ondes d'or du Tage,
Lors que dãs ſes chaſteaux pour vãger cét outragĕ
Tu porteras le glaiue auec l'embrazement.

Et Boüillon cependant qui dans aucune ville,
Ne pourra rencontrer ny d'amis, ny d'Aſille,
Demandera pardon de ſa temerité,
Et des clefs de Sedan te viendra faire hommage :
S'il ne ſe veut reſouldre à ſouffrir le dommage,
Que faict vn Iuppiter iuſtement irrité.

Car ſi iamais ton Ire eſt ſur luy décheſnée,
Tu puniras ſi bien ce petit Salmonée,
Qu'il maudira le iour de ſa rebellion :
Et pour reduire en bref ſes murailles en poultre,
Tes canons furieux y porteront le foudre,
Et feront de Sedan vn deſert d'Ilion.

L'eſtranger deſormais pour eſſuyer nos larmes,
Tournera d'autrepart la pointe de ſes armes :
Car voyant le Daufin dont ton Royaume eſt fort,
Et l'heur qui t'eſt commun à gaigner la victoire,
Sans doute il aura peur qu'en recerchant ſa gloire
A combattre la France, il ne trouue ſa mort.

16 **DE COVLLOMBY.**

www.ingramcontent.com/pod-product-compliance
Ingram Content Group UK Ltd.
Pitfield, Milton Keynes, MK11 3LW, UK
UKHW021055120726
13693UKWH00006B/2647